살아가는 방식에 대하여

살아가는 방식에 대하여

2024년 12월 30일 제 1판 인쇄 발행

지 은 이 ㅣ 김영월
펴 낸 이 ㅣ 박종래
펴 낸 곳 ㅣ 도서출판 명성서림

등록번호 ㅣ 301-2014-013
주소 ㅣ 04625 서울시 중구 필동로 6 (2, 3층)
대표전화 ㅣ 02)2277-2800
팩 스 ㅣ 02)2277-8945
이 메 일 ㅣ msprint8944@naver.com

값10,000원
ISBN 979-11-94200-50-5

설경 김영월 제13시집

살아가는 방식에 대하여

도서출판 명성서림

시인의 말

이 세상 모든 사람들이 마지막 가게 되는 한 곳을 생각하게 하는 인생 후반부에 이르렀다. 이미 정해진 죽음에 집중하기보다 어떻게 하루하루 잘 살아야 할 것인지가 중요한 과제이다. 곧 삶의 방식이 문제이다. 속도와 열심이 아니라 나의 삶의 방향이 과연 올바른지 되돌아봐야 한다. 앞만 보고 달려가는 삶이 무슨 소용이랴. 미하엘 엔데가 쓴 '모모' 라는 동화책에 나오는 회색 신사는 언제나 사람을 바쁘게 만들어 시간을 훔쳐 가는 사업을 한다. 우리는 여기에 속지 말아야 한다.

느린 속도로 천천히 인생과 사물을 관조하며 살아갈 일이다. 자연은 언제나 라르고로 살라고 우리들에게 반복되는 계절의 연주를 들으라 한다.

2024년 겨울
도봉산 자락에서

차례

라르고 1

라르고 2

라즈고 3

라르고 4

라르고 1

다시 봄이다

지금까지 달려 온 수많은 계절
다시 새봄을 맞이하네
맨먼저 얼굴 내민 매화향 맡고
노오란 개나리를 바라보고
팝콘처럼 터지는 벚꽃들
희망에 찬 새들의 노래
향긋한 바람결이 살갗을 스치고
강물이 쓰다듬는 초록 풀잎들
언제나 되풀이되는 악보
자연이 연주하는 봄의 교향악
다시 맞이하는 봄으로
살아 있다는 것
그냥 감사하여라

치자꽃

얼마나 더 살아야
저런 향기가 내 안에서
배어 나올까
얼마나 더 기다려야
저런 티 없는 얼굴이 될까

나의 내면에 치자꽃 한 송이
품고 싶다

신록의 수다

혹독한 추위 속에
목숨을 연명하던 시절
우리가 언제 이런 날이 오리라곤
생각하지 못했다
축제의 장에 어서 나오라고
부지런한 친구들이 성화를 부린다
신록의 수다가 한창인 숲에
새들만 초청받아 기꺼워한다
다시 생명을 부여받고
한 세상 살아가는 일

앞날에 무슨 일이 있을지 몰라도
우린 지금 이순간
초록의 합창으로 행복한 것을

철쭉 동산

불암산 기슭을 붉게 물들였다
벌 나비만 모여드는 게 아니라
사람들이 더 많다
꽃들이 벌리는 축제가 아니고
사람들이 만든 축제 마당
이곳에 와서 기념사진 남기지 않으면
강심장이란 듯 아무도 지나치지 못 한다
무대의 막이 오르듯
꽃들의 행진곡
미녀 심사는 따로 없다

나도 꽃 멍하며
가슴에 철쭉꽃 한 송이 담아 간다

벚꽃. 1

요절한 시인의
짧은 생애다

흰빛이
눈부시게 떨린다

살아서 황홀했고
죽어서 깨끗하다

벚꽃. 2

어디서 들려오는 아리아일까
청아한 음성
새하얀 꽃송이 되어 울려 퍼진다
봄날의 무대에
비너스 여신이 데려 온
맑은 물방울 같은 소녀들
저마다 행복한 표정들이다

당당함만이 떠다니고
수줍음이 사라진 세상
청순가련형의 얼굴들
그리움의 뭉게구름을 피운다

사월의 봄빛
- 여의도 윤중로

여의도 샛강 공원
연초록 파도가 넘실댄다
겨울의 긴 수평선을 지나
밀물 되어 달려 온 봄빛
샛노란 웃음 흘리는 개나리
소녀들의 설렘 가득한
벚꽃들의 환한 수다

다시 맞게 된 내 노년의 봄날
해묵은 고목들은 무슨 소리냐고
청춘의 꽃들
팡팡 터뜨리는데
내 가슴 언저리엔 둔탁한 첼로 소리만
울려 퍼진다

여름밤

도시 변두리에 살던 젊은 날
애들을 데리고 무더위를 피하여
달구어진 시멘트 바닥에 누워
밤하늘을 바라보았다
어느새 고희 중반에 이르러
자정 가까운 시각의 여름밤
나 홀로 데크길 바닥에 누워
밤하늘을 바라본다
이제 한세상 살아내고
종점에 이르러 머잖아
나도 저 별들의 하나가 되리라

저마다 외로움의 크기만큼 빛나는 별들
보름달이 인자한 미소로
그들을 안아 준다

폭염

말복의 땡볕을 피해
숲 그늘에서 분수처럼 뿜어대는
매미들의 합창 소리
파란 하늘에 떠도는 구름도
지친 발걸음으로 졸고 있는데
가마솥 더위만 펄펄 끓는다

대추나무 가지는 풋열매를 주렁주렁
이파리 품에 숨기고
밤송이는 탱글탱글
알맹이를 채우기에 비쁘다
머잖아 다가올 가을의 제단를 향해
그들은 폭염 속에서 담금질하고 있다

주어진 인생을 마무리할 때
지나온 여름날은 시련 속에서도
오직 행복했노라고
유서 한 장 남기고 싶다

장마의 계절

자연의 교향곡을 듣는다
쉴 새 없는 빗줄기에 피아노 건반이 튀고
바이올린 선율이 흐르고
드럼 소리가 웅장하다
하늘에 먹구름은 더욱 몰려들고
무엇이라도 집어삼킬 듯
계곡물은 포효하고
숲의 초록 생명은 솟구치고
들녘의 망초꽃은 더욱 청초하다

울음을 그치지 않는 하늘
내 마음도 걷잡을 수 없는
탐닉의 물살에
외마디를 지른다

연꽃
- 양평 세미원

한여름 땡볕을 삼키고
그리움의 마그마 솟구쳐
연못을 수놓는 연꽃들
흙탕물에 발 담그고 살아도
마음은 지고지순을 향해
고이고이 간직했네

한 세상 사는 동안
맑고 향기로운 자태
흐트러뜨리지 않고
사랑한다는 언어
가슴에 품고
햇살 아래
칠월의 신부로 걸어 나오네

망초꽃

초록이 끓는 들녘
한바탕 하얀 파도가 밀려오듯
망초꽃 세상이 펼쳐진다
우리라고 맨날 눌려 지낼소냐
손에 손 잡고 서로 함께 하면
어찌 좋은 세상 아니 오랴
화려한 양귀비 꽃
장미 백합 아니어도
우리 생긴 그대로 살아보잔다
유월, 녹음의 산야를 찢어 놓은
그날의 포성에도 살아남아
용감한 무명용사들의 넋으로 피어나
한반도의 산하를 수놓는다

메타세쿼이어
- 장태산 휴양림

초록 메타 숲은 여름을 삼키며
하늘에 닿는다
한눈팔지 않고 한 길을 간다
곧게 곧게 일직선밖에 모른다
마음을 비우고
헛된 것에 사로잡히지 않고
단순하게 살아가는 일
저 높은 곳을 향해 발돋움하는 일
결코 쉽지 않다

그래도 바람이 격려해 주고
햇살의 응원을 받으며
언젠가는 나도
자유로운 한 조각 구름이 되리라

제이드 가든 수목원
- 춘천 굴봉산

숲 세상엔 초록의 언어만 흘러간다
뻐꾸기 매미들이 악기를 연주하고
바람결이 지휘한다
자식들이 속을 썩혀도
빙그레 웃으며
오냐오냐 안아 주는 숲
인자한 어머니의 가슴이다

어떤 말도 소음일 뿐
조용히 앉아 그냥 한동안
고요함 속에 들어오라 한다

꽃 양귀비
- 남양주 물의 정원

얼마나 요염했으면
왕의 마음을 흔들고
나라를 위태롭게 했을까
양귀비는 죽어서도 이렇게
붉은 사랑이 되었나 보다
여름날의 따가운 햇살에도
초록을 불사르는 정염
저 붉고 강렬한 미소
청춘의 미친 사랑을 부른다

강물도 발길을 멈추고
그만 넋을 잃는다

밤꽃

무성한 숲의 머리칼 위로
화관처럼 매달린 그대
감미로운 향기는 누구를 향한
그리움인 듯 번질 때
이제 막 모내기가 끝난 들녘
다시 수확의 푸른 꿈에 부푼다

사람들 사이를 벗어나
호젓한 초록 품에 안기면
상냥하게 반기는
유월의 여인

향수를 팔다

도봉산 계곡의 유원지에 목쉰 음성이
울려 퍼진다
어찌나 크고 우렁우렁한 목소리에
사람들의 호기심이 쏠린다
아이스 께끼요 아이스 께끼
중년 남성이 어깨에 나무통을 메고 돌아다니며
생뚱맞은 장사를 한다
누가바보다 멜론 과자가 덜 달고 시원합니다

아득한 지난 시절의 골목길에서 만난
향수를 한 입 베어 물 때
세월이 으깨지는 소리가
가슴을 시원하게 한다

바다

바다는 대왕고래이다
육지는 청새치처럼 달아나지만
결국 그의 이빨에 할켜 하얀 피를 토한다
그리고 척추뼈만 앙상하다

바다는 어머니의 가슴이다
누구든 오냐오냐하고 품에 안아
더는 아무 일 없다는 듯
토닥토닥거린다

바다는 바다이다
성형수술 한 번 하지 않은
긴 눈썹 하나 수평선으로 긋고
언제나 자연미인으로 살아 간다

장미축제
- 서울 중랑천 둑방길

오월의 무대에 오른 장미들
저마다 고운 자태를 자랑한다
정열의 붉은 색
순결의 하얀 색
수줍은 노랑 색
부끄러운 연분홍 색
사람들의 카메라 앞에 몸살을 앓는다
타고난 미모를 숨기지 못하고
축제 마당에서 패션쇼의 주인공이 된다

사람들은 지금 우리들을 보고
즐겁게 웃고 떠들지만
머잖아 축제가 끝나면
뒤도 돌아보지 않을 거야

도봉산 통신. 1

도봉산 계곡에 홀로 앉아
물소리를 듣는다
요란 떨었던 물난리는 모른다는 듯
가만가만 속삭이는 물
산속 깊은 곳에서 아래로
쉼표 없는 여정
살아 있다는 건
소리의 연주이다

숲의 나무들도 이제 사명을 다하고
지친 초록이 핼쑥하다
내 마음이 어지러울 때
계곡의 물소리
언제나 나를 위로한다

도봉산 통신. 2

하늘도 울분이 쌓이면 소나기로 쏟아져
엉엉 울어 버린다
도봉산 여름 계곡에
하늘에서 쏟아진 눈물을 받아
굉음을 내며
바위 절벽을 뛰어 넘는다
가슴에 쌓인 울분
사정없이 조각난다
사람도 울고 싶을 때
누군가 미워질 때
가슴의 찌꺼기
저처럼 비워낼 수 있다면

구름

햇살 고운 날
만추의 파아란 하늘에
흰 구름 머물러 쉬고 있다
나무들은 잎새를 떠나보내고
울적한 듯
구름과 말을 건넨다

다시 한 해의 끝자락에서
내 마음 한 조각
구름 되어 어디론가
떠나보내고 싶다

만추의 길목에서

맑고 푸른 영혼이 하늘에 가득하다
하얀 은발을 날리는 억새
소슬바람에 만장으로 펄럭인다
시끄럽던 붉은 눈 오목눈이 새들
모두 어디로 사라졌을까
늠름한 북한강물
흐느끼듯 어깨를 들썩이며
갈 길을 재촉하는데
화려하던 노랑 코스모스 물결
까만 대궁만 남아
옛 추억의 잔해로 희미한 미소 지을 때
낙엽 깔린 산책로에서
나의 발길은 떨어지질 못한다

숲의 시간

이제 떠나야 할 시간이라고
훌훌 털고 나선다
저마다 주어진 색깔의 옷
거울에 비쳐 보지도 않고
바람에 몸을 맡기려 한다
무성한 초록의 삶일 때
서로 경쟁하지도 않고
곁을 돌아보지도 않고
그저 제 몫을 살아낼 뿐
인간의 숲만 언제나 시끄럽다

자고 나면 사건사고 끊이질 않아
오늘도 가슴을 쓸어내리게 한다

낙엽을 바라보며

소요산 산책로의 벤치에 앉아
바람에 실려가는 낙엽을 전송한다
해마다 때가 되면 미련없이
어미 품을 떠나는 그들
쓸쓸한 뒷모습도 아름답다
단풍 잎으로 곱게 물들기도 하고
이미 가랑잎으로 말라 붙은
초라한 낙엽도 보인다
어찌 살다가 마지막을 맞이할 지
노년에 이르러도
아직 마음은 서성인다

나무 한 그루 붙들고
사라져 가는 잎들의 속삭임에
귀 기울인다

계절의 조명등

계절이 바뀌는 길목에 은은한
색등이 켜졌습니다
마지막 떠나는 길
부디 잘 가라고
어미의 기도가 조명등 되어
비쳐 줍니다
이제 한 줄기 소슬바람 불어오면
그들은 다시 돌아오지 못할
머언 길을 훨훨 떠나고 맙니다
그리고 울긋불긋한 색등 마침내
하나하나 꺼지고
이 계절
깊은 침묵 속에 무거운 커튼이
드리워질 것입니다

겨울

꽃피는 봄도 좋지만 때론
회초리로 때리는듯한
겨울의 냉정함도 마주 서고 싶다
아직도 미련이 남아
나목의 가지에 추하게 달라붙은 이파리들
결국 바람의 칼날을 맞고
외마디와 함께 땅 위에
내동댕이쳐지는 것도
들녘에 나가 잿빛 하늘에서
눈보라가 휘몰아치는 것도

오직 산다는 것에 코를 박고 지내다가
문득 돌아가야 할
하늘나라를 생각케 하는
깨달음이 오기 때문일 것이다

겨울 하늘

싸늘한 한파에 구름도
외출을 삼가는지
얼룩 한 점 나타나지 않는
파아란 하늘
서너마리 새가 아득한 하늘에서
유유히 선회하다가
자유로운 영혼으로
하늘 호수에 풍덩 빠져 버린다

청명한 겨울 하늘을 바라보고 있으면
사람도 저토록 순수할 수 있을까
살아갈수록 덕지덕지 때 묻은 마음
부끄러울 뿐

11월

나무들은 서둘러 무성한 초록 옷을
벗는다
마지막 잎새까지 떠나 보내고
마침내 나목이 된다
앙상한 뼈대를 드러내며
그들은 마주 보고 선다
그리고 깊은 침묵 속으로
빠져 들어 간다

이렇듯 마지막 무대의 완성은
다 버리고
다 보내고
텅 빈 나와 마주 서는 일이다

새해 달력

은행에서 새해 달력
한 개씩 받아 들고
작년 연말에도 그러했듯
사람마다 옆구리에 끼고
길거리를 지나간다
새해 달력이란 선물
다시 살아 갈 수 있다는 설렘
산 자들의 축복이다
올 한 해를 못 넘기고
하늘나라에 간 주변 사람들
마음속에 스쳐 간다

365일
어느새 후다닥 지나간다 해도
내년에도 어김없이
새 달력 받아들고
힘차게 살아갈 수 있기를

겨울 삽화

뼈대가 드러날 때까지
거짓의 옷을 벗고
네 자신과 마주 서라 한다
그동안 달려온 삶
노년에 이르러 천천히 가라 한다
두 가지 세 가지 일을
하나로 줄이고
나목처럼 단순하게 살라 한다
찬 공기를 가르며 철새들
하늘 높이 나르고
대궁만 남은 키 큰 갈대들
바람을 향해 잿빛 머리칼을 날릴 뿐
햇살도 점점 힘을 잃어 간다

겨울 풍경 앞에 서면
모두 침묵 속으로
가라앉고 만다

라르고 2

사라짐의 꽃

노을 꽃도 하루해가 사라짐을
아쉬워하는
마음의 빛깔이다

해마다 억새밭 물결
갈바람에 춤추는 것도
사라짐의 고별 의식이다

단풍에 물든 나무들
꽃처럼 곱게 피어남도
머잖아 소슬바람에 갈 바를 모르고
떠나는 여행 때문이다

꽃무릇 정열에 불타는 입술도
눈물겨워 보이는 것은
사라짐의 몸짓인 때문이다

인디언
– 국립중앙박물관

지구가 둥근 것처럼 과거 현재 미래
하나로 연결된 자연의 섭리에
순종하는 삶
들소 사냥을 하고
옥수수 호박의 결실
대지의 선물로 여기고
감사를 잊지 않았던 사람들

문명인에게 쫓겨 나
삶의 터전을 잃고 있지만
태초의 창조된 모습대로
살고자 하는 그들의 지혜
향기로운 바람 되어
21세기 지구촌을 깨우친다

한강

흐린 하늘에 물안개 피어 오른다
강물은
굴곡 많은 삶을 살아 온
부모님의 얼굴 표정이다

강변에 늘어선 고층빌딩과 아파트 숲
우뚝 솟은 롯데 타워의 위용
언제나 넉넉한 가슴으로
수도 서울을 껴안는다

오늘도 기도하는 어머니의 합장
강물은 어깨를 펴고
더욱 힘차게 흐른다

우주 관광

미국의 억만장자가 이번에 다녀온 우주 관광
최초의 민간인이 space-x를 타고
직접 바라본 우주
그 광경이 어떠했을지 궁금하고 부럽다
지구촌의 모든 여행으로도 모자라
지구 밖 우주에 관심을 갖고 소원성취했으니
그는 아무런 여한도 없겠지
거대한 우주 공간에서
그는 지구별을 보며
이제 사람이 어떻게 살아야 할 것인가를 깨닫고
그의 전 재산을 뜻 있는 곳에 베풀고
인간의 의식 속 내면세계야말로
우주보다 더한 신비의 영역인 것을
보여줄 수 있을까

인천행 열차에서

종점에 거의 닿으니 그 많던 승객들
어느새 밀물처럼 빠지고
넓은 차량 칸칸에 덩그라니
나 홀로 남아 있네
문득 외롭거나 휑한 마음
사막에 선 듯
아무리 더 가고 싶어도
나의 플랫폼이 다가오고
심연 속으로 사라져야 하는
나의 존재

외로움

비가 내린 뒤의 오솔길을 걷는다
사람이 아무도 보이지 않고
나 혼자이다
아니 친구들이 보인다
도토리나무가 열매를 떨어뜨리고
소나무가 더욱 푸르러 진다
산초나무의 향기도 짙어 간다
까마귀도 서로를 부르며
적막을 휘젓는다
외로움을 먹고 자라는 생명들
저마다 기쁨을 찾아간다
나도 어느새 그들과 하나가 된다

낙엽

가을이 깊어갈수록
주어진 순리에 따라
잎새들은 가지를 떠난다
마냥 덧없어 아름다운
사라짐의 미학이다

더욱 높아진 하늘에 떠도는 구름
제자리를 묵묵히 지키는 산봉우리들
유유히 흐르는 강물
개미떼처럼 바쁘게 움직이는
하루의 일상
도로위를 질주하는 무수한 차량들
평행선 따라 변함없이 굴러가는 기차 바퀴

내가 낙엽 되어 이들 곁을 떠난다해도
그들은 눈길 한 번 주지 않겠지
그대로,그대로 시간은 흘러갈 뿐

가을의 길목에서

강물은 외롭게 흘러가는 게 아니었다
산들바람에 뺨 부비고
물오리들도 가슴에 품고
수변 갈대들의 배웅도 받는다
폭염에 시달리면서도 왕성하던
숲의 나무들도
초록의 기세가 빠지고
허전한 구석이 드러난다
홀로 배낭 메고 훌쩍 떠나와
강변 전철역에 내려 산책길을 걷는 데
왜 자꾸 뒤돌아보게 될까요
흔들의자에 앉아 쓸쓸함을 벗삼아
물멍에 빠진다

나그네 길 마치고 떠날 때를 준비하라는 듯
어느새 낙엽이 한 잎 두 잎
땅 위에 눕는다

길고양이와 비둘기

배고프면 동네로 내려와
고마운 사람의 손길 덕분에
밥 찌꺼기나 사료를 얻어먹는 게
고작인 줄 알았다
비둘기들이 근처 냇가에 내려와
물 한모금 마시며 쉬고 있는데
살금살금 걸어간 녀석
날랜 동작으로 덮쳤다
다행히
비둘기들은 혼비백산하여
전선줄에 날아올라
가슴을 쓸어내린다
그래, 방심하면 끝이야
녀석은 아쉽다는 듯 입맛을 다신다

우리들의 일상도 한순간 무너져 버린 채
비둘기 신세가 될지 모른다

세뱃돈

설날에 아들과 사위가 세배를 한다
손주들에겐 세뱃돈을 주지만
어른들에겐 되레 용돈을 받는 날이다
덕담 한 마디 건넨후
나는 하얀 봉투 하나씩을 내밀었다
물가도 오르고 집 마련도 어려우니
이걸로 보태 쓰기 바란다고 했더니
모두 눈이 휘둥그레진다
살기 팍팍한데 무슨 큰 돈을 주나 싶어
내심 얼마나 기쁘랴
얇은 봉투 속에 그저 로또 복권
한 장씩 들었을 뿐인데

손주 사랑

설날이 오면 여간 얼굴 보기 힘든
손주 녀석들
세배하러 왔는데
어느새 키가 나보다 훌쩍 커 버렸다
내게 빠져나간 세월
손주들의 몰라보게 변한 모습으로 다가온다
중학생 두 명을 양손에 잡고 산책하는데
어떤 아줌마 한 명
바싹 내게 다가와 귀에 대고 속삭인다

늙은이에겐 손주가 정말
징하게 이쁘지라우

계절의 신호등

초록 숲들이 서로를 향해
가만히 속삭인다
수고했다
그래도 폭염 속에 살아남아
다행이야
어느 머언 곳을 다녀 와
집으로 돌아온 산들바람
반갑게 악수를 청한다
들녘의 벼 이삭은 점점 무거워지는
머리를 흔드는데
고추잠자리 낮게 날아와 앉는다

산다는 건 참고 견디는 일이고
성실함을 잃지 않는 거라고
한 편의 서사를 남긴 채
계절의 빨간 불
어느새 파란불로 바뀐다

노년의 시간

가끔 전철 타고 소요산에 바람 쐬러 간다
하루를 때우기 위해 나선 어르신들
언제나 경로석은 빈 자리가 나질 않는다
어느 풍광 좋은 곳에 별장을 갖지 못한다 해도
이곳에 오면 나의 피난처로 그만이다
단골로 다니는 소머리국밥 집에서
점심을 맛있게 먹고 있으면
나처럼 혼자 온 어르신들
만원의 행복을 찾아 모여든다

공터 한쪽에선 노인들을 모아 놓고
철딱서니 공연단의 아줌마 가수들
신나게 뽕짝을 부르며 흥을 돋군다
그늘 밑 벤치마다 오가는 사람 바라보며
노인들이 시간을 죽이고 있다

노년의 무료함을 어쩌지 못하는
인생의 마지막 풍경
하늘엔 둥둥 떠가는 새털구름이
부럽기만 한데

유쾌한 수다

흘러가는 냇물이 때론
유쾌한 수다쟁이 같다
뭐라고 계속 종알대며
아래로 아래로 쉬지 않고 달린다
뭐가 그리 좋은 일이 많은지
뭐가 그리 얘기가 많은지
뭐가 그리 가슴 설레는 일이 많다고
주위의 시선도 살피지 않고

지루한 일상을 살다 보면
짜증날 일 많겠지만
유한한 인생
재미나게 즐겁게 살아야 한다고
냇물은 저리도 수다를 떠는지

복숭아를 먹으며

반쯤 남은 식탁 위의 복숭아
우적우적 씹는 맛에 취해
남은 반쪽에 눈길도 주지 못했는데
껍질에 물든 노을빛
해맑간 소녀의 볼에 핀 미소를
만난다
현실에 빠져 안주하는
곰스크를 향한 기차를 놓쳐 버린
나의 초라한 모습
복숭아를 깎던 칼을 그만 멈추고
접시 위에 내려놓는다
반쯤 남은 복숭아 빛
더욱 선명하다

일상생활

생존을 위한 일에서 해방된 지
여러 햇수가 흘러가 버리니
내가 언제 숨도 못 쉴 만큼
다람쥐 쳇바퀴 돌 듯 살아왔을까
희미한 옛 추억인 듯
계곡 길을 걸으며
언제나 쉴새없이 흐르는 물살을 만나고
하늘에 떠도는 흰구름의 덧없음을
생각한다
태양은 어김없이 하루의 근무를 계속 중이고
무성한 녹음도 가을의 열매를 향해
광합성에 열중한다

죽을 때까지 계속되는 일상생활도
하나의 근무일 뿐
개미처럼 성실하게 살아내는 것임을

대지진

내가 딛고 있는 땅도 믿을 수 없다
건물이 흔들리고 무너지고
도로가 쩍쩍 갈라지고
언제 어떻게 무슨 일이 벌어질지
알 수 없다
먼 나라에서 일어난 비극
엄청난 인명이 영문도 모른 채
밤새 아파트가 무너져
목숨을 잃거나 부상을 입었다
건물 잔해더미에서 태어난 새 생명을
손에 안은 구조대원
놀란 아이의 울음을 달래느라 쩔쩔맨다
그렇게 소중하게 여기던 목숨
하루아침에 마지막을 맞이하다니
하늘을 우러러 탄식할 때
엄마와 아이가 탯줄로 연결되듯
지구촌이 하나 되라는
하늘의 메시지가 들려 온다

지푸라기라도 잡는다

병원 예약일에 어김없이 다시
오게 된 진료실
담당 의사 앞에 오면
아직 생명이 연장되고
건강의 끈을 유지함에
감사할 뿐이다
휠체어를 타고
며느리와 함께 온 환자분
흰 머리 성성한 채
피골이 앙상한 얼굴
마지막까지 지푸라기 잡는 심정으로
의사의 진료를 기다린다

그래, 죽는 그 순간까지
생명줄 붙잡고
현대 의술을 믿는 거야

북극 여우

백색의 설원이 누워 있고
파도 소리도 얼어붙고
세찬 바람만 자유로운 곳
가끔 하늘에 도깨비불이 나타나
펄럭거린다
살아 움직이는 작은 생명체
오로지 적막감을 먹이로 삼고
설원을 이리저리 헤맨다

저 외로운 눈망울
나도 어느 순간
내 안에 북극 여우가
어슬렁거린다

해상 케이블카

– 목포 고하도

외줄 타기 곡예 같은 유리 상자 안에서
발아래를 내려다보면
잔잔한 바다가 펼쳐진다
이천여 년 전 예수님은 바다 위를
성큼성큼 걸어가셨지만
오늘의 인간들
가만히 앉아 사방팔방 둘러보며
천국 여행을 경험하는 듯
지상에 머물던 짧은 추억
모두 뒤로 하고
새로운 미지의 세계를 향하는 설렘

이 세상 이별할 때도 이처럼
케이블카에 실려 가듯
행복했으면

유달산

마당 바위에 올라
남도 끝 항구를 바라보면
다도해의 그림이 펼쳐진다
오랜 수난의 역사를 이기고
빼꼭하게 들어선 주택과 빌딩
놀라운 시가지의 전경을 보여주며
해상 케이블카들
쉴 새 없이
북항에서 건너편 섬까지 오간다
이제 전설로 남은 삼학도
이난영의 노랫가락도 목이 쉰 채
가라앉는다
호남선 종착역에 내리면
유달산 봉우리들
언제나 외갓집의 그 대문처럼 반긴다

황토현 전적지
- 정읍

한복 차림에 상투머리, 짚신을 신은 채
주먹을 불끈 쥐고 앞장 선다
죽창을 들고 농기구를 든
남녀노소 농부들이 입술을 굳게 다물고
녹두장군의 뒤를 따른다
그 동안 참고 참고 또 참았다
지렁이도 밟으면 꿈틀하듯
마침내 세상을 바꾸기 위해
그들은 일어섰다
소나무들도 농민군을 응원하듯
하늘을 향해 쭉쭉 가지를 뻗어
함성을 지른다

그날의 서늘한 혁명의 기운
황토현 전적지에 들어서면
옷깃을 여미게 한다
아, 사람답게 사는 세상
백성들의 꿈은 아직도
현재 진행형이다

선사시대

― 연천 전곡리 유적지

매머드 발걸음이 땅을 흔들고
공룡이 포효하는 곳
원숭이 얼굴을 닮은 조상들
숲속을 헤매 다니며 돌도끼를 던지고
화살촉을 날리며
어미 사슴 한 마리 잡았다
긴 막대에 네 발을 묶어 어깨에 맨 채
해질녘 움막집으로 돌아오면
목 빼고 기다리던 처자식들
환호성을 지른다
드넓은 유적지 공터에 하얀 눈 쌓여
첫 발자국을 내며 걷는다

한반도의 타임머신을 타고 선사시대 이르러
그들은 모두 어디로 사라졌는지
적막한 풍경만 마주한다

산정호수

- 포천

호수 화폭에 펼쳐진 수묵화
명성산 우뚝 솟은 봉우리
나목의 연주
수변의 소나무들의 기도
잿빛 구름 사이를 오가는 해
고요한 환상의 나라로 걸어 들어 오라고
그들은 손짓한다
하마터면 그대로 빠져들 것 같은 같은데
환상은 환상일 뿐
땅에 발을 꼭 딛고 걸으라 한다

계절은 오가고

불면의 밤을 보내든 말든
태양은 어김없이 동녘 하늘에
하루를 연다
불볕더위 속에서도
숲의 나무들은
가을을 향한 그들의 열매를
준비할 것이다
이름 없는 들녘의 풀포기도
누가 보든 말든
최선을 다해 꽃을 피운다

비가 오나 눈이 오나
생명 있는 것들의 하루의 삶도
계절을 이어가는 성실한
자연의 마차를 따라가며
마냥 경건한 얼굴이다

고하도

- 목포

북항 정류장에서 케이블카를 타고
유달산을 지나 건너편
고하도에 이른다
판옥선 전망대에 올라
임진왜란의 영웅을 생각한다
해안 데크길을 걸으며
철썩대는 파도에 살점이 뜯겨 나간
바위 기슭에
구절초 꽃송이들
울음으로 피어난다
호남선 종착역에 와서
이난영의 구슬픈 노랫가락에도
내 마음의 고운 정 꺼내들고
잔잔한 물결에 가만가만
띄워 보낸다

인천항
– 월미도 문화의 거리

궂은 날씨에 거칠어진 바다 물결
비바람 속에서
너울너울 치마폭 펄럭인다
인천 상륙작전
용감한 그 날의 병사들이 작전을 펴는
높은 전투 탑 기둥을 바라본다
무심한 세월은 흐르고
한쪽 공연장엔 트롯트 노래 시끄럽고
무희들의 신나는 한 판 춤사위 펼쳐진다

우리가 누리는 대한민국의 자유와 평화
결코 공짜가 아니었음을 마음에 새기란 듯
비바람 세찬 길을 걸을 때
우산 살이 뚝 부러진다

달팽이

북한강변에 나와 겨울을 만난다
잿빛 구름 걷힌 에메랄드 빛 하늘
따스한 미소 지으며
해는 친구하잔다
얼어붙은 강물에 하얀 눈 쌓여 눈이 부신데
초라한 백발 할머니 몰골
부스스한 머리칼 날리며
갈대숲은 관절염을 앓는다
희망을 기다리는 나목의 숲
까치 소리만 외롭다
홀로 벤치에 앉아
따끈한 커피 한 잔 마시며
고요한 풍경과 마주할 때
나의 하루가 달팽이처럼 기어 간다

창덕궁

미로 같은 담장 사이 골목을 끼고
다닥다닥 붙은 궁궐 건물
왕의 초상화를 모셔둔 선원전
신하들의 근무처인 관청
조용한 곳에 학문 연구를 위한 규장각
복잡한 궁궐에 갇혀 지내지 않고
휴식을 즐길 수 있는 드넓은 후원

이름없는 궁녀들의 생활은 얼마나 답답했으랴
한 번 들어 오면 죽어서 바깥 구경을 할 수 있는 곳
한없는 외로움에 지친 궁녀 한 명
궁궐 마루에 홀로 앉아 있는 내 곁에
가만히 다가온다

소요산
– 동두천

산을 오르는 것보다 산책하듯 걸어야
소요산 맛이 난다
아직 더 머물고 싶은 초록 사이에서
샛노란 은행 나무 단풍
언제나 최고의 미인이고 싶은 욕망
그 유혹의 눈빛
원효대사는 도를 닦는데 열중하지 못하고
샛노란 단풍 같은 요석 공주를 탐냈을까
아빠 닮은 설총 키우며
수도정진하는 그이를 멀리 바라볼 때
얼마나 안타까운 마음
단풍으로 붉어졌으랴

북한산

한양도성을 어머니의 품으로 껴안는다
백운대를 중심으로 비봉까지
높낮은 봉우리들
형제간 우애를 보여 준다
지구촌 동방의 작은 나라
오천년 역사의 흥망성쇠 가운데
세계인이 부러워하는
자랑스런 대한민국으로 거듭났네

오늘도 북한산은 인자한 미소를 짓고
고운 단풍으로 옷을 갈아입는다

라르고 4

눈부신 봄날

개나리꽃이 깨어나
중랑천 둑방길이 환해졌다
시들어 말라버린 채 겨우내
죽은 줄 알았던 그들
노오란 병아리떼들의 행렬처럼
생명의 봄빛으로 환호성을 지른다
병으로 죽어간 어느 아홉 살 아이
심장 간 신장 나누어 주고
네 명의 생명을 살려
개나리꽃보다 더 환하게 피어
하늘나라의 부르심을 받았다
코로나 팬데믹으로 어두운 마음
가난하고 소외된 자들의 시린 어깨
우크라이나 땅의 포성 소리
세상의 고통을 위로해 줄 소망의 소식이여
죽음을 이기고
예수님 다시 사셨네
우리 가야 할 영원한 본향
눈부신 봄날로 손짓한다.

2024 파리 올림픽

파리 올림픽 경기 덕분에
지독한 열대야를 날려 버렸다
쏘고 찌르고 차고 내리꽂고
우리의 자랑스런 아들딸들
세계인과 당당하게 어깨를 겨루고
뛰어난 기량을 펼쳐
메달 소식을 전할 때마다
국민 가슴에 시원한 바람이었다
인간의 한계를 뛰어 넘고자 하는
선수들의 도전
지구촌의 아름다운 축제로
인류는 하나가 된다

오늘 하루를 살아가는 동안
올림픽 무대에 선 듯
금메달 은메달 동메달을 향해
최선을 다해 살고 싶다

어둠에서 빛으로
- 8.15 해방 79주년

캄캄한 터널 속에서 그대로
끝날 줄만 알았던 36년 일제 치하
독립을 향한 의지 자유를 향한 꿈
아무리 바위로 눌러도
한민족의 가슴에 꿈틀거리고 열매를 맺어
광명의 8.15해방을 맞이했네
수많은 애국선열들의 헌신과 희생
대한민국은 지구에서 다시 화려한
무궁화꽃을 피웠네
우리 백의민족의 끈질긴 생명력
줄기를 뻗고 뿌리를 깊이 내려
한강의 기적을 이루어내고
눈부신 발전과 번영으로 이어져
하나님이 보우하는 나라가 되었네
이젠 당당히 세계 무대에서
K-코리아 돌풍을 일으키고
선진국 대열에 섰다네

우리가 받은 축복을 국제사회에 나누어 주는
무궁화 삼천리의 나라
8.15 광복절이 올 때마다
하나님과 순국선열들의 은혜
결코 잊지 말라 하네

뒷 것
- 고 김민기

아침 이슬처럼 영롱한 삶
아침 이슬 그대로 사라졌다
유명해지면 더 유명해지려고
안달 나는 세상인데
언제나 나서기를 싫어하고
누구의 배경이 되는 삶
조용히 피었다 지는 들꽃인양
수줍은 향기만 남은
뒷 것의 삶

혼탁한 세상의 하늘에
노을처럼 곱다

살아가는 방식에 대하여

전철역에서 엘리베이터를 타고 내려간다
문이 닫히기 직전
어떤 할머니가 숨을 헐떡이며 뛰어와 동승하잔다
왜 그리 바쁘시냐고 물었지
집에 있기 싫으니
친구도 만나고 할 일도 만들고
시간에 쫓긴단다
약속이 없는 날은 우울하단다

할머니는 내게 되묻는다
어르신은 안 그래요?
나는 바쁘지 않으려고
마음의 브레이크를 꾹 밟는다고 했지
나이 들수록 라르고로 살려고
스스로 다짐한다고 했지

황소
– 이중섭 화백

살갗은 벗겨지고 앙상한 갈비뼈
평생 논밭을 갈아대며
땀방울 흘려 온 억척 일 소
값비싼 캔버스가 없으면
편지지나 은박지에 한 뼘의 농토라도
씨앗을 뿌려
그림 밭을 일구었다

현해탄 너머 가족에 대한 그리움
구구절절 사연을 전하며
그리고 그린 붓질
절규하는 황소가 되어
기진맥진 쓰러졌다

농장을 탈출하다

날마다 되풀이되는 생활
때가 되면 주인이 주는 사료를 먹고
안전한 잠자리에서 눕고
젖통이 차오르면 우유를 내주고
그러한 생활도 좋지
하지만 어느 순간
야생에서 바람을 가르며 내달리고
때론 사자에게 쫓기고
그런 생활이 그리워진 거야
우리는 서넛이 모여 모의를 했지
자유를 찾아 축사를 탈출하기로
마침내 비록 삼사십 분 짧은 시간이었지만
차량이 달리는 도로를 겁도 없이 뛰어다닌 거야
소방대원들에게 붙잡혀 다시
축사에 가두어졌지만
얼마나 가슴이 후련한지
이젠 죽어도 여한이 없겠다

왜가리와 물고기

회색 왜가리 한 마리
갈대숲에서 꼼짝 않고
먹이를 노린다
여느 때처럼 느긋한 시간을 즐기던
피라미에게 다가오는 검은 그림자
긴 부리에 찍혀 붙들린 채
아무리 몸부림쳐도 꿀꺽
삼켜 버린다

오늘이 마지막 날이 될지도 모른 채
사람도 자신을 노리는 운명 앞에
속수무책인 것을

산

산에 오면 아무도 내게 시비를 걸지 않지
숲은 숲대로 편안하고
바위는 바위대로 믿음직스럽고
새는 새대로 사랑스럽지
그러나 사람들 사이에 살다 보면
무슨 말을 해야 할까 돌아서지만
산에 오면 아늑한 피난처
지난 세월 돌이켜 보면
모두가 뜬구름인데
왜 허허허 웃고 살지 못했나
산에 오면 비로소 고개 끄덕여 지는 것을

지난 세월 돌이켜 보면
모두가 스쳐 가는 바람인데
왜 마음 비우고 살지 못했나
산에 오면 비로소 나그네 되는 것을

다시 가을 앞에서

폭염에 시달리던 초록 산야
언제 끝날 줄 모르는 담금질 앞에
지쳐갈 무렵
산들바람을 앞세우고
기적처럼 가을은 다가왔네

이파리만 무성하던 나무들
그동안 헛된 시간 보내지 않고
주렁주렁 가지에 매단 수고의 열매들
가을의 제단에 고이 바친다네

오곡백과마다 은혜의 행렬
우리의 부끄러운 마음도 주님 앞에
오직 감사함으로 채워지기를 원하네

낙엽을 밟으며

숲속에 들어서니 잎새들
소나기 되어 쏟아진다
산책로와 산기슭에 이불이 된
낙엽더미
다시 한 해를 마친 후련함으로
편안한 미소이다
나의 하루하루 살아간 나날들
그들처럼 나도 고령의 낙엽더미로 쌓여
유한한 삶의 덧없음을 알라 한다

절두산 성지
- 양화진 외국인 묘역

양화진 나루터는 간 곳 없고
당산철교와 마포대교 마주한
콘크리트 교각들 사이로
세월을 실어 나르는 강물
그날의 흰옷 입은 신도들
목 잘린 핏물은 씻기고 씻겨
깎아지른 잠두봉 기슭에
능소화만 붉게 피었다

이 땅에 복음을 심기 위해
수만리 길 철새처럼 날아 온 그들
고즈넉한 묘원에 잠들어
강바람 불어와 위로의 말 건넨다
고개 숙여 기도하듯
한강 너머로 기우는 해
물결 위 보석으로 반짝이는
순교자의 넋이여

추억을 남기는 삶

내가 살아온 매일의 흔적들
죽으면 모두 리셋되고 마는 걸까
가는 봄의 끝자락을 잡으러
기차 타고 떠났던 강릉 여행의 사진들
솔향 바다향 그윽한
소나무 숲길
해변을 거닐 때
발목을 간지럽히던 파도
햇볕에 반짝이던 연초록 바다의 수평선

모래알처럼 덧없이 휩쓸려 갈 추억이지만
오늘을 멋지게 살아가는 일
소중한 하루에 바치는
나의 예의이다

모든 것을 버리고

사람들로부터 손가락질 받던
세리 마태의 어느 날
소문만 듣던 당신이
나를 찾아왔지요
세상의 부귀로는 채워지지 않던
허무한 마음
나를 따르라 하시는 놀라운 음성에
두말없이 모든 걸 버리고
따라 나섰지요

목마른 사슴이 시냇물을 찾아 나서듯
이제 진리이신 당신을 만나
새 생명을 얻었다오

개미

햇볕 좋은 날
눈에 잘 띠지도 않는 생명들
부지런히 구멍을 들락거린다
먹이 사냥에 바쁜 그들
대부분 헛탕을 치고 있는 가운데
어떤 녀석은 죽은 벌레 한 마리
입에 물고 끙끙거린다

왜 사는지 생각은 사치란 듯
오로지 먹고살기에 바쁜
개미 같은 인생도
탓할 수 없다
그저 사는 게 중요할 뿐

모성애

따스한 햇살 아래 흰뺨 검둥오리 한 마리
하천 모래톱 위에 퍼질러 앉아 있다
그의 날개 밑으로 삐쭉삐쭉 파고드는
열두 마리의 새끼들
좁은 엄마 품을 서로 차지하려고
티격태격하는 녀석들에게
엄마는 날개 밖을 절대 떠나지 말라 한다
행인들은 진기한 구경거리에
카메라 셔터를 연신 눌러 댄다
엄마는 사람들의 시선에 아랑곳없이
제발 눈 좀 붙였으면 좋겠다고
부리를 깃털에 묻고 스르르 눈을 감는다
아빠는 어디로 돌아다니는지
콧빼기도 뵈지 않는다

물오리 가족의 봄날 행차에
이팝 꽃이 더욱 환하다

풍화작용

할머니가 영감에게 한 마디 던진다
저 양반이 나를 죽도록 쫓아다녔지
영감님도 질세라 한마디 한다
아냐, 내가 미남이고 돈도 있으니
할망구가 나를 쫓아다녔지
두 분은 서로 입을 삐쭉거리며
티격태격한다

벽에 걸린 사진 속 청춘남녀
어느새 밭고랑처럼 깊게 패인
주름살투성이 부부가 되었다
그리고 서로의 가슴에 남은 한 톨의 애정
그 부스러기라도 찾으려 하는데

아가를 위한 변명

중동지역 가자 지구에서 공습으로
한 가족이 사라졌다
숨진 엄마의 뱃속에서
1.4kg의 아기가 태어났다
아가야, 왜 태어났니?
설마 부모의 원수를 갚기 위해서는
아니겠지
아가야, 미안해 그리고 용서해 주렴
평화로운 지구촌을 만들지 못하고
전쟁을 멈추지 않는
우리 어른들의 잘못이란다
죄인은 우리 모두이고
네겐 아무 잘못이 없단다

아가야, 그래도 봄날의 신록처럼
부디 건강하게 예쁘게 자라나야 해

아름다운 세상

강변에 놓인 흔들의자에 앉아
풍경 속으로 들어 간다
강물은 설레는 가슴으로 여행 중이고
수변의 갈대들
한 해의 푸르던 시절 보내고
바람결에 서걱댄다
앞산은 단풍 잔치에 한창이고
물오리들은 축하 비행을 한다
파란 하늘에 무슨 상념처럼
떠 있는 구름 몇 점
산등성이에 머물러 쉼표가 된다

이 세상 마감하는 날
아름다운 지상의 풍경
한 컷 간직하며
고운 단풍잎 하나 되어
바람결에 실려 가고 싶다

평화의 왕으로

어둠을 밝히는
크리스마스 트리의 불빛
세밑의 떠들썩한 거리에
소외 받는 시린 가슴
소망을 잃은 그들에게
위로와 사랑으로 다가간다

지구촌의 전쟁으로 꺼져가는 목숨들
중동지역의 포성
우크라이나와 러시아의 미사일
대한민국이 모두 하나 되기를 기도할 때
온 세상 동화의 나라로 감싸듯
산야에 함박눈 쌓이고

그날의 베들레헴에 울려 퍼지는 찬송
평화의 왕으로 오신 아기 예수여
사랑과 화해의 불빛을 비쳐 주소서
하늘엔 영광
땅위엔 평화